Le Dîner Interrompu

Ernest Doin

© 2024 Culturea
Texte et illustration de couverture : © domaine public (open access licence CC0 1.0 universel)
Édition et mise en page : Culturea (Hérault, 34)
Retrouvez notre catalogue sur http://culturea.fr/
Contact : infos@culturea.fr
Imprimé en Allemagne par Books on Demand Gmbh
Design typographique et layout : Derek Murphy et Reedsy
ISBN : 9791041991532
Date de parution : Mars 2024
Ce livre :
— a été composé avec une police open source libre de droits dessinée sur Open Fondry
 https://open-foundry.com/
— est édité en libre access sous licence CC0 (Creative Commons Zero) afin de conserver l'oeuvre au plus près des caractéristiques du domaine public.
— offre la possibilité à son lecteur de partager, dupliquer ou distribuer son contenu, sans restriction ni réserve.
— permet de replanter un arbre. SHS Éditions soutient Plantons Pour l'Avenir, fonds de dotation pour le reboisement des forêts françaises
400 projets de reboisement de forêts soutenus depuis 2014 à travers la France
https:/www.plantonspourlavenir.fr/

LE DÎNER INTERROMPU ou NOUVELLE FARCE DE JOCRISSE

PIÈCE COMIQUE EN UN ACTE FAISANT SUITE AU *DÉSESPOIR DE JOCRISSE* (UN AN APRÈS).

M. E. Doin, voyant le succès qu'avait obtenu *Le Désespoir de Jocrisse*, joué dans presque toutes les localités, s'est décidé à faire cette nouvelle pièce qui, comme l'autre est très comique ; il espère qu'elle obtiendra le même succès.

PERSONNAGES

M. PLUMET. Propriétaire.
JOCRISSE. Domestique cuisinier.
LAFLÛTE, Cousin de Jocrisse, domestique.
M. VINCENT. Ex-fournisseur d'armée, riche.
UN OFFICIER DE POLICE.

Le théâtre représente un salon, table à dîner au fond, chaises, petite table sur un des côtés du théâtre, miroir, rasoir savonnette.

Scène 1ère

LAFLÛTE, *seul, balayant et rangeant des chaises.*

Allons tout est en ordre, il est à peine huit heures et toute ma besogne est faite ; M. Plumet n'est pas encore levé, je vais l'attendre ici ;… ah ! à propos il va vouloir se raser, préparons tout… là, sa petite table, son miroir, sa savonnette, rasoir et as serviette de rigueur ; bon !… Voilà cependant un an de passé depuis que je suis au service de M. Plumet, ça m'rappelle le jour de la grande catastrophe où mon cousin Jocrisse a fait tant de fracas, ici, précisément dans cette même salle ! Dieu ! quand je me rappelle, quel carambolage, table, buffet, assiettes, j'en ris encore, surtout de son empoisonnement au vin de champagne !… Diable de cousin, va ! … il s'en est pas mal tiré, mais dame aussi, ça l'a t'y changé ? Est-il tranquille à présent ?… Depuis que le cuisinier, le p'tit scopette, a quitté M, Plumet c'est mon cousin qui l'a remplacé, et il s'y entend ma foi pas mal, puisque not'maître trouve tout bon !… oh non, Jocrisse n'est plus le même, excepté une chose c'est qu'il a toujours le mot pour rire et pour placer un petit mensonge ; ah dame ! à lui l'pion pour ça… n'importe, c'est un bon cousin pour moi… *(il regarde dans la coulisse)* Ah j'entends quelqu'un, c'est précisément lui.

Scène 2e

JOCRISSE

Déjà à l'ouvrage, Laflûte, c'est superbe ! C'est comme moi depuis une heure mes fourneaux sont allumés, je ne fais fricasser et refricasser pour le déjeuner de not'maître, Est-il levé.

LAFLÛTE

Non, mon cousin, et tenez, au moment où vous entriez, je parlais de vous.

JOCRISSE

Et à qui donc, Laflûte, à ton manche à balai ?

LAFLÛTE

Non, cousin, à moi-même, à mon particulier,

JOCRISSE, *riant*

Ah ! ah ! ah ! Et le sujet était intéressant, j'parie.

LAFLÛTE

Ma foi oui, pour moi toujours, et j'en riais d'bon cœur ; j'pensais à vot'journée de désespoir.

JOCRISSE

Ah ! Ah ! Ils sont passés mes jours de fête !... Mais écoute Laflûte...... ils vont revenir,

LAFLÛTE, étonné

Ah bath !

JOCRISSE

Oui, et peut-être aujourd'hui.

LAFLÛTE

Quoi ?... Quoi ?... Encore cassé ?...

JOCRISSE

Oh ! non, non, c'est trop vulgaire... c'est autre chose, c'est une fête... une fête... Eh quoi ? Esprit étroit ?... Tu ne sais pas ?... Tu ne comprends pas ?...

LAFLÛTE

Dame... non, mon cousin.

JOCRISSE

Quel quantième sommes-nous du mois ?

LAFLÛTE

Eh ben, j'pardi... c'est aujourd'hui le 14

JOCRISSE, le prenant par l'oreille

Et le 14... Monsieur Laflûte ne se rappelle pas l'hôtel de l'oie rouge ?

LAFLÛTE, joyeux et battant des mains

Oh ! oh ! l'anniversaire de la naissance de M. Plumet, le grand souper avec le bailli Giffard ?

JOCRISSE

Précisément. Et comme M. Plumet ne nous en parle pas je crains qu'il n'ait invité quelques amis, car, il n'oublie jamais ce jour.

LAFLÛTE

Eh ben ?

JOCRISSE

Eh ben, je crains que nous soyons obligés de manger les restes du dîner.

LAFLÛTE

Ah !

JOCRISSE

Et voila ce que je veux empêcher !… je me creuse et recreuse le cerveau pour trouver un moyen certain et efficace de nous faire inviter à faire partie du festin, et du diable ! il faut que j'en trouve un… mais pour cela, il me faudrait connaître l'invité on les invités ? … S'il y a la moindre physionomie à farce, tu verras, tu me seconderas et nous rirons…À propos… j'ai préparé quelque chose pour présenter à M. Plumet pour la circonstance, je vais me tenir non loin d'ici, et pendant qu'il se fera la barbe ; ta regarderas par cette fenêtre, tu me verras, tu me feras signe… allons… je l'entends, je m'sauve… attention au signal.

(Il sort)

Scène 3e

LAFLÛTE, *seul*

Bon ! Puisque Jocrisse s'en mêle, tout ira bien, j'en suis sûr… Ah ! vlà M. Plumet, attention.

Scène 4e

M. PLUMET, LAFLÛTE

M. PLUMET

Eh bien, Laflûte, tout est-il prêt pour ma barbe ?

LAFLÛTE

Oui, oh ! oui, not'maître.

M. PLUMET

Ai-je de l'eau chaude ?

LAFLÛTE

Ben sûr, oh ben sûr, not maître.

PLUMET

C'est bien, mon garçon.
(Il s'assied et tout en se préparant et se rasant, il parle.)
Jocrisse est-il allé au marché ce matin ?

LAFLÛTE

Oui, not'maître, oh ! il y a déjà longtemps que je l'entends à la cuisine, j'gage qu'il sue à grosses gouttes pour vous faire un bon à déjeuner.

PLUMET

Allons, allons, c'est bien… ma foi je ne regrette pas de vous avoir gardé tous les deux, malgré vos folies, je suis content, oui, oui, Jocrisse va bien, surtout depuis que je l'ai mis à la cuisine et ma foi, il s'en tire à merveille.

LAFLÛTE

Ah ! Dame, not'maître, c'est pas pour dire, mais mon cousin Jocrisse, vous aime bien, il me disait encore hier soir : « Tiens, Laflûte, j'voudrais tous les mets les plus rares et savoir toutes les raffineries de la cuisine pour contenter M. Plumet qui a été si bon de me pardonner toutes mes fredaines, toutes mes folies. »

PLUMET

Ce pauvre Jocrisse !… Oui, oui, il m'en a diablement fait… Mais, bath ! Tout est oublié !… Ah ! ça, Laflûte viens m'habiller.

(Comme tout l'habillement doit se trouver sur une chaise tout va vivement, pendant qu'il aide M. Plumet, Laflûte a fait des signes à Jocrisse qui arrive tenant de ses deux mains un pot contenant un énorme bouquet de fleurs rouges, jaunes, bleues, blanches, larges feuilles, il est facile de confectionner ce bouquet avec des fleurs artificielles, papier de soie.)

Scène 5e

JOCRISSE, PLUMET, LAFLÛTE

PLUMET, *apercevant Jocrisse*

Ah ! mon Dieu ! qu'est-ce que c'est que cela, Jocrisse, apportes-tu un jardin ?

JOCRISSE

Not'maître, c'est un bouquet, et ce léger bouquet, ce bouquet… qu'est… l'embarras… non… l'emblématique de vos vertus… de vos bontés… de votre grand corps… c'est-à-dire… cœur… Ce bouquet… not'maître, ben plus mince que les sentiments de Jocrisse et de Laflûte, vous est offert par eux, car, ils vous regardent comme leur bras tutélaire… et… et… enfin… M Plumet ; c'est au nom de votre anniversaire de l'oie rouge… Non… de votre grande naissance… que… en ce jour… qui… je… que… enfin… not'maître je vous l'offre et je vous remercie de tout mon cœur.

LAFLÛTE, *saluant*

Et moi aussi, not'maître ?

PLUMET

Merci, merci, mes enfants… vous me faites plaisir, je suis ému… j'accepte ton bouquet, Jocrisse, pose-le là, mon garçon… et pour vous récompenser tous deux… je…

JOCRISSE, *à part*

Il va nous inviter à dîner.

PLUMET

Je vous permets de vous divertir ce soir à la cuisine.

JOCRISSE, *à part*

Ah ! diable ! C'est ce que je n'veux pas.

PLUMET

Il y a un an vous avez partagé le souper de mon anniversaire, parce qu'il y avait des circonstances, dont tu dois te rappeler, Jocrisse !

JOCRISSE

Oh ! oui, not'maître… et même qu'c'était un fier souper !… On s'en est-y donné !

PLUMET

Oui… mais aujourd'hui, vois-tu, depuis un an tout est changé, on eut obligé de tenir un certain rang, un décorum enfin… surtout depuis que j'ai été nommé capitaine de la garde nationale… Si j'étais seul, je vous dirais : mes enfants, vous partagerez le festin de votre maître… mais…

JOCRISSE, *imitant le mouton*

Mai……

PLUMET, *souriant*

Tu fais le mouton… Mais, voyez-vous, — j'ai des convives et surtout un, qui trouverait inconvenant si j'admettais à ma table — mes deux domestiques.

JOCRISSE

Et ce convive, not'maître, que'qu'c'est donc, s'y vous plaît ?

PLUMET

C'est mon plus grand ami, mon ami Vincent, l'homme riche et influent.

JOCRISSE, *à part*

Oui, influent en bêtises *(haut)*

Ah ! Ah ! not'maître je l'connais, il est déjà venu ici, j'l'ai déjà vu… c'est-y pas c't'ancien fournisseur de l'armée que les soldats appelaient : riz, pain, sel ?

PLUMET

Précisément. J'ai reçu hier sa lettre, tiens, la voici, je vais vous la lire : *(Il lit)*

« Mon cher Anatase Plumet, J'ai reçu ta lettre par laquelle tu m'invites à ton gala à l'occasion de l'anniversaire de ta naissance ; je ferai en sorte de m'y rendre, à moins que de grandes circonstances m'en empêchent… car j'ai tant d'affaires !… Si je ne suis pas chez toi à quatre heures, ne m'attends plus, ce sera pour plus tard et nous n'en serons pas moins bon amis. »

« À toi, Jérôme Vincent. »

JOCRISSE, *à part*

Du diable s'il dîne ici.

PLUMET

Comment ?

JOCRISSE

J'dis qu'ça convient… qu'vous avez raison, not'maître.

LAFLÛTE

Oui, mais ça nous rappelle l'souper de l'année dernière, et dame, voyez-vous, ça fait ! d'la peine.

PLUMET

Eh bien, écoutez mes enfants, si mon ami Vincent ne vient pas, je vous promets que tous les deux, vous mangerez à ma table, car, il n'y a que lui seul, voyez-vous, lui seul, qui est un obstacle à cela, et, j'ai besoin de sa protection ; vous savez que c'est à lui que je dois mon grade de capitaine ?

JOCRISSE, *à part*

Bon ! la partie est gagnée ou j'y perds tous les boutons d'ma veste *(haut)*. Ah ! not'maître, ma parole, vous m'mettez la joie au cœur.

AIR : T'EN SOUVIENS-TU

C'est-y tout d'bon que not'maîtr'nous invite ?

PLUMET

Oui mes enfants, oui, je le veux ainsi.

LAFLÛTE

S'il vient du monde…

PLUMET

Vous partirez tout d'suite.

JOCRISSE

Ah ! qu'vous êtes bon ! que vous êtes poli.
Mais j'fons un rêve ; je n'pouvons pas y croire.

PLUMET

Non, mes enfants, non vous ne dormez pas,

JOCRISSE ET LAFLÛTE

J'sens que d'plaisir, je n'vas manger ni boire (bis),
Vraiment, vraiment, c'est un joyeux repas (bis).

PLUMET

Alors je sors, je vais faire quelques emplettes et je reviendrai pour le dîner… Tout sera prêt n'est-ce pas ?

JOCRISSE

Ah ! soyez tranquille not'maître… la broche, les casseroles, les poêles et tout le bataclan… ça va marcher son brain !… gare la bombe !

PLUMET

Allons ! bon !… Ah ! à propos, Jocrisse as-tu bien cherché dans ta tête à nous trouver quelques morceaux choisis ? hein ? mon gaillard, toi qui connais les bons mets ?

JOCRISSE, *riant*

Ah ! ma foi, not'maître, à votr'école on n'peut pas aimer les mauvais.

LAFLÛTE, *à part*

En a t'y ! En a-t-y dans sa tête ?

PLUMET

Voyons, voyons, un petit aperçu de ce que tu vas nous donner, sauf, ce que je dois apporter en revenant.

JOCRISSE

Dame ! Not'maître, j'ai tout r'passé dans ma mémoire les mets que je sais d'votr'goût : prima, premièrement, d'abord : Un salmis aux fines herbes, pommes d'amour pour entourage.

PLUMET

Bravo ! C'est excellent ce plat-là ?

JOCRISSE

Secunda pour le second plat. La persillade en vinaigrette, redoublement de tomates ou pommes d'amour avec addition de cornichons.

PLUMET, *il se passe la langue sur les lèvres à chaque mot*
De mieux en mieux, continue donc ?

JOCRISSE
Troissio… Canard aux oignons, sauce parisienne à la russe et gélatine.

PLUMET
Excellent ! excellent ! Ensuite ! ensuite ?

JOCRISSE
« Quatritia. » Un petit cochon d'lait farcé aux truffes.

PLUMET, *vivement*
Un petit cochon de lait, Jocrisse, ah ! tu me mets dans le ravissement ! Un p'tit cochon d'lait ! Ah !… après ?

JOCRISSE
Après… après… Dame, not'maîtr'j'crois qu'c'est déjà pas mal raisonnable.

PLUMET
Oh ! Jocrisse ! Jocrisse ! Toi dont les idées fourmillent… tu oublies… tu oublies mon mets favori ?

JOCRISSE
Quoi ?… Quoi ?… ma foi, du diable si j'y suis.

PLUMET
Il est vrai qu'il y a diablement longtemps que je n'en ai mangé… Eh bien, Jocrisse… ce mets… c'est… des oreilles de cochon piquées, entrelardées de truffes et de fines herbes ! Hein ?

JOCRISSE, *à part, comme frappé d'une idée.*

Des oreilles !… oh ! la bonne idée ! Merci, ma belle étoile ! Merci, mon génie tutélaire !

PLUMET

Diable qu'est-ce que tu marmonnes, avec tes choses tutélaires ?

LAFLÛTE

J'gage qu'il est content d'vot'idée.

JOCRISSE

Oui content, contenssimus, oui, not'maître j'suis content Parce que j'vas contenter vot'goût, j'veux qu'vot palais s'en rappelle de ces oreilles-là.

PLUMET

Allons voilà pour un, maintenant je voudrais un pudding à la chipolata.

JOCRISSE

Hein ? Hein ? Qué qu'c'est que c'lui-là, c'est pas français ?

PLUMET

Il l'est et il ne l'est pas, il vient de la Prusse.

JOCRISSE

De… de la Prusse ? oh ! bon alors, not'maître n'm'en parlez pas, j'n'en suis pas, y a du Bismarck là-dedans, c'est indigeste j'suis contre.

PLUMET

Imbécile ! oui je serais de ton avis, mais ce plat, ce mets exquis, quoique venant de la Prusse a été inventé par un français cuisinier en Prusse et qui a parcouru la Suède, la Russie, la Norwège… la…

JOCRISSE

Qui ça ? votre pudding ?

PLUMET

Eh non ! Eh non, imbécile… Le cuisinier qui a donné ce nom-là à ce pudding et qui s'est fait une grande réputation dans l'art culinaire.

JOCRISSE

Allons not'maître, j'vous en f'rai un y s'ra p't'être pas tout à fait chicoulata, mais enfin ça s'ra ch'nu et ça s'ra tout à fait français.

PLUMET

Enfin ce que j'aime encore beaucoup et surtout mon ami Vincent… c'est…

JOCRISSE

C'est…

PLUMET

C'est un plat de macaroni.

JOCRISSE

Je ne connais pas ce gibier.

PLUMET, *levant les épaules avec dédain*
Macaroni, Gibier !…

JOCRISSE

Eh bien, cette plante.

PLUMET, *même geste*
Macaroni, une plante.

JOCRISSE

Enfin cet oiseau ?

PLUMET, *même geste*

Macaroni, oiseau.

JOCRISSE, *impatienté*

Eh bien ! cet animal !

PLUMET, *vivement, et en colère*

Animal toi-même ! Il te sied bien de traiter de macaroni d'animal, songe donc que le macaroni doit sa naissance à l'Italie, à la belle Italie ! À la noble Italie ! À la grande Italie…

JOCRISSE

Oui, elle est propre votre grande Italie, j'en entends dire de belles choses, depuis qu'qu'temps, surtout d'c'Roi, l'fameux Emmanuel, eu v'la un d'macaroni.

PLUMET

Silence ! Jocrisse ! Pas de politique, je n'en veux pas !… laissons faire, attendons et motus ! Tout viendra comme tout doit arriver… parlons et continuons.

JOCRISSE

Ma foi, not'maître j'suis rendu au bout, vot'mazzoni, macaroni, m'a donné l'vertigo, la chair de poule.

PLUMET

Jocrisse ! Être indéfinissable, vas tu encore recommencer comme autrefois ?

JOCRISSE

Eh ! non, not'maitre, mais vous prenez la mouche tout d'suite, vous vous enl'vez comme une soupe au lait, parce que j'ai dit que l'macaroni était un animal, quand on n'connaît pas les choses… ma foi… ma parole d'honneur ça m'suffoque ; moi, moi qui veux tout faire pour votre plaisir, vous m'rudoyez !... Ah faut avouer que j'suis ben malheureux !

(Il fait mine de pleurer)

LAFLÛTE

Ah ! M. Plumet, voyez donc, mon pauvre cousin ; ma parole, il pleure.

PLUMET

Allons, allons Jocrisse, ne te chagrine pas, je me suis laissé un peu emporter, voyons n'en parlons plus... plus tard, tantôt je t en apporterai de ce macaroni et tu verras que la chose est fort simple quoique très bonne !... Voyons, mes enfants à la besogne, chacun de votre côté, pour moi, je sors, je rentrerai le plus tôt possible et si mon ami Vincent vient avant mon retour, recevez-le avec respect, avec égard... allons, au revoir.

(Il sort)

JOCRISSE ET LAFLÛTE

Au revoir not'maître.

Scène 6e

LAFLÛTE

Mon pauvre cousin, M, Plumet vous a encore rudoyé, il vous a chagriné, hein ?

JOCRISSE, *joyeusement*

Moi ! triste, chagrin ! Oh ! Laflûte, tu n'y es pas, je suis d'une gaieté folle ! Tiens, j'peux sauter comme un cabri !… Moi ! triste ! Que tu es encore niais, mon pauvre Laflûte.

LAFLÛTE, *interdit*

Mais vous allez presque pleurer ?

JOCRISSE

J'avais bien plutôt envie de rire ! Ah ! ah ! ah ! ah ! Tu ne sais pas ce qu'il y a dans cette cervelle, va !… Il y en a des idées, et des idées tumultueuses, ça s'croisent en tous sens j'te dis qu'mon horizon s'est éclairai ; on est plus au temps du père Griffard ? Tu te rappelles ce vieux bailli que j'ai si bien joué, mais ça, ce n'était rien qu'une petite comédie ; mais aujourd'hui, Laflûte, c'est en grand, ce sera émouvant, étourdissant, une chose… mais une chose… à rendre poussif à force de rire !… Ah ! Laflûte, si connue moi, depuis un an, tu avais lu, parcouru tous les volumes qui m'ont développé l'intellectualité des idées, oui, si tu avais lu : le parfait cuisinier Jean de Calais, les prédictions de Nostradamus, la vie du juif errant et autres auteurs, si tu avais suivi comme moi ; les faits divers des feuilles publiques et générales ! Oh ! alors, tu en aurais aussi des idées ! Mais, pauvre adolescent, tu ne sais pas même faire la différence de l'A et du B, c'est pourquoi tu restes dans cette innocence qui dégénère en bêtise… mais je ne t'en veux pour cela, je t'aime comme mon parent et je veux que mes idées te soient profitables comme à moi.

LAFLÛTE

Mais où diable, voulez-vous en venir, mon cousin, car vous m'embrouillez tout mon individu ?

JOCRISSE

Écoute Laflûte, M. Plumet ne veut pas nous admettre à sa table, n'est-ce pas ?

LAFLÛTE

Eh ben non ! parce qu'y y aura un monde, surtout c'm'sieur Vincent ? Eh bon, après ?

JOCRISSE

Eh bien ! M. Vincent ne dînera pas, M. Plumet ne dînera pas.

LAFLÛTE, étonné

Ah bath !

JOCRISSE

C'est comme çà, Laflûte ? Connais-tu le mets favori de not'maitre ! à part son diable de macaroni ?

LAFLÛTE

Oui. il a dit les oreilles farcies…

JOCRISSE

Assez ! Dis comme moi, parle comme moi, imite-moi, et, tout ira bien… je descends à la cuisine, je vais m'escrimer sur les plats et autres ustensiles et pendant que je ferai les sauces, j'en prépare une dans ma tête qui sera piquante, mirobolante, épouvantante, tragicale, comicale et encore plus qu'ça.

LAFLÛTE, étonné

Ah ! mon Dieu ! Et encore qué qu'c'est ?

JOCRISSE

Motus ne dis rien, ne parle de rien, dis comme moi… tout ce que je peux te confier c'est que nous dînerons à la table de M. Plumet… à bientôt.

(Il sort en se frottant les mains)

Scène 7e

LAFLÛTE, *seul*

(Il le regarde sortir, la bouche ouverte, les bras pendants, tout ébahi).

En a t'y, mais en a t'y d'esprit c'gaillard là ?… c'est pas parc'que c'est mon cousin, mais ma parole, y en a pas pour avoir des idées comme lui… J'vous d'mande un peu, quoi qu'y va faire, qui qui va dire pour empêcher l'dîner d'M. Plumet… faut qu'ça soye ben drôle, ben fort… y m'tarde d'y être… Pourvu qu'y n'fasse qué qu'mauvais coup pour nous faire chasser… oh ! non, il avait l'air trop joyeux, ça doit être au contraire qué qu'chose de risible… C'est égal ça n'laisse pas de m'turlupiner !… Diable de cousin, va !… Encore, s'y m'avait mis seulement sus l'bord de la piste, ça irait ?… Mais non. « Motus… dis comme moi, fais comme moi… » ma parole, c'est vexant… enfin… attendons… Mais ! qu'est-ce qu'y chante là-bas… j'connais cette voix-là.

Scène 8e

VINCENT, LAFLÛTE

On entend VINCENT *dans la coulisse*
Par la voix du canon d'alarme
La France appelle ses enfants
Allons, dit le soldat aux armes
C'est ma mère que j'défends.[1]
(Entrée en scène)

LAFLÛTE

Eh ! c'est M. Vincent ?
(Refrain tous les deux)
Mourir pour la patrie
C'est le sort, etc.

LAFLÛTE

Bonjour M, Vincent, vous aimez toujours à chanter ?

VINCENT, *avec fatuité affectée*

Oui, jeune homme, surtout le chant qui rappelle les beaux jours !
… Ah ! morbleu ! quand j'y pense !
LAFLÛTE

---

1   NOTE DE L'AUTEUR : Chaque directeur de la société d'amateurs peut mettre le couplet qu'il voudra, j'ai mis celui-ci parce qu'il m'est venu à l'idée.

Mais vous n'étiez pas soldat, vous M. Vincent ?

VINCENT

Eh ! conscrit, n'est-ce pas moi qui étais le fournisseur général de l'armée ? N'est-ce pas à moi que tous nos braves sont redevables de cette nourriture grande et saine que je leur distribuais ?

LAFLÛTE

Oui, mais mon cousin Jocrisse qu'est ben induqué, y m'dit qu'vous aviez une bonne et qu'avec les tours de bâton, qu'c'était tout ça qui vous avait enrichi.

VINCENT, *brusquement*

Jocrisse est un imbécile et toi aussi… Silence dans les rangs.

LAFLÛTE

Faut pas vous fâcher, M. Vincent, j''vous dis ça, c'est pas pour…

VINCENT

Eh ! je ne me fâche pas, Laflûte, j'ai le caractère comme ça un peu prompt, vif, mais ça ne dure pas… mais laissons cela… l'ami Plumet est-il ici ?

LAFLÛTE

Non, M'sieur, il est sorti, mais il doit rentrer bientôt.

VINCENT

Ce pauvre et vieil ami, il y a longtemps que nous nous connaissons et j'aurais été fâché de ne pas m'être rendu à son invitation.

LAFLÛTE

Ah ! y s'ra ben content aussi, lui, allez car il nous a parlé de vous avant d'sortir et nous a ben r'commandé d'vous recevoir avec ben du respect.

VINCENT

Allons, je vais l'attendre… où est donc, le célèbre, le fameux Jocrisse, ton cousin ?

LAFLÛTE

Pardié, ça s'demande pas, il est à la cuisine.

VINCENT, *riant*

Ah ! c'est vrai, depuis son escapade, l'ami Plumet l'a placé aux fourneaux… Et ça prend-t-il un peu ?

LAFLÛTE

Si ça prend, comme le feu !… Ah dame ! c'est pas rien qu'mon cousin.

VINCENT, *riant*

Ah ! je connais l'oiseau d'ancienne date.

LAFLÛTE

Ça m'étonne, faut qu'il vous ait pas entendu, y s'rait déjà ici… mais… *(fausse sortie)*.

VINCENT, *l'arrêtant*

Non, non, ne le dérange pas, car je présume qu'il s'occupe du dîner ?

LAFLÛTE

Comme vous dites… Mais tenez, je l'entends qui monte… le voici.

Scène 9e

Les précédents et JOCRISSE

JOCRISSE, *il fait la mine triste pendant cette scène*
Ah ! c'est M. Vincent, vous allez bien M. Vincent.

VINCENT
Mais très-bien, mon garçon… et toi, je pense que comme toujours
la santé et la gaîté vont toujours de compagnie ?

JOCRISSE
Toujours ?… oh non… pas toujours M. Vincent.

VINCENT
Comment donc ?… Qu'y a-t-il donc pour empêcher cela ?

JOCRISSE
Oh rien… presque rien.

LAFLÛTE, *à part*
Vlà la comédie qui commence, mais j'y comprends rien encore.

VINCENT
Mais encore, que diable, quand la gaîté s'en va, c'est que…

JOCRISSE

C'est que la tristesse arrive et la santé s'en sent.

VINCENT

Ah ! ça, mon gaillard, quel diable de ton prends-tu donc ?... tu as la mine d'un enterrement.

JOCRISSE, *lentement*

Dame... M. Vincent... voyez-vous, j'suis comme ça moi... quand j'vois qu'un malheur doit arriver à un honnête homme. Eh ben... ça m'bouleverse... ça m'tourmente comme une âme en peine.

VINCENT

Et où vois-tu donc arriver un malheur à quelqu'un ?

JOCRISSE

Peut-être oui... peut-être non... c'est selon...

VINCENT

Ah ! ça, sais tu que tu m'intrigues, est-ce que tu ne pourrais pas t'expliquer un peu mieux ? Ce ne doit pas être un secret.

JOCRISSE

Au contraire... c'est un grand secret... et cependant... y m'pèse sus l'estomac... pauvre M. Vincent... t'nez... faut que j'vous dise tout,

VINCENT

Parle... parle mon garçon... tu viens de prononcer mon nom... ma parole d'honneur tu m'intrigues.

JOCRISSE, *à part bas à Laflûte et vivement*

Attention !... tu vas comprendre, dis comme moi (*haut à M. Vincent*) M. Vincent, vous v'nez dîner avec mon maître aujourd'hui n'est-ce pas ?

VINCENT

Sans doutes, mais qu'a de commun ce dîner avec les airs de funérailles ?

JOCRISSE

M. Vincent, si j'vous disais que vous courez ici, un grand, un énorme, un formidable danger.

VINCENT, *effrayé*

Hein ?… Comment ?… Que veux-tu dire ?

LAFLÛTE, *à part*

J'comprends pas encore.

JOCRISSE

M. Vincent, t'nez vous à vos oreilles ?

VINCENT, *se touchant les oreilles.*

Saperlotte ! si j'y tiens… Mais j'crois bien et, fortement encore.

JOCRISSE

Eh ben, écoutez… il y a de ça environ deux mois… Notre pauvre M. Plumet était-là… ici… dans cette même chambre où nous sommes… j'étais occupé à arranger quelques papiers sur cette table… quand tout à coup j'entends not'maître qui parlait tout seul et qui disait ; « Oui… oui… rien de meilleur… de plus exquis… que les oreilles… surtout les oreilles coupées de suite… » Vous comprenez qu'en entendant cela, les miennes se redressent et je m'dis : Diable ! Qu'est-ce qu'il veut dire là ? J'le r'gardais, il avait une mine… mais une mine !… Ah ! M. Vincent, c'était effrayant à voir !

VINCENT, *commençant à avoir peur*

Tu m'épouvantes, Jocrisse ?

LAFLÛTE, *à part, souriant*

J'comprends un p'tit peu.

JOCRISSE

Laissez-moi continuer… vrai… quand j'pense à ça, l'frisson m'passe partout… brrrou… Vlà qui s'promène… qui marche à grands pas… et puis… y s'tâtait les oreilles… y souriait… y grimaçait… y parait que c'te maladie là, parce que, voyez-vous, c'est une maladie, ça vous prend tout d'un coup à c'que me dit l'docteur Turgeon à qui qu'j'en ai fait confidence et qui soigne not'maître… Enfin M, Vincent, vous comprenez que j'savais pus quoi comprendre et ma foi, j'étais là, j'pouvais pus bouger, tant j'avais peur.

VINCENT, toujours effrayé

Certes ! il y avait de quoi, et ça s'est passé ? comme ça ?

JOCRISSE

Oh ! non, la suite est bien plus terrible, car au moment où je ne m'y attendais pas, M. Plumet se r'tourne devant moi… sa bouche souriait… mais ses yeux flamboyaient. Jocrisse ! qui m'dit comme ça, aimes-tu les oreilles ?… j'ai pas pu trouver un seul mot… je l'vois marcher droit à la table… j'pense ben qu'il v'nait prendre son rasoir… j'l'ai pas entendu comme vous pensez ben, je m'suis sauvé et j'ai été m'cacher une partie d'la journée dans la cave.

LAFLÛTE, à part

J'comprends tout, ah ! diable de Jocrisse, va.

VINCENT

Diable ! Diable ! Mais je ne suis pas en sûreté ici… j'ignorais cela, moi, mais quelle est donc cette maladie ? Jamais je ne me suis aperçu de rien chez ce pauvre Plumet ? Jamais au grand jamais, je n'ai entendu parler qu'il avait une semblable maladie.

JOCRISSE

Sans doute que vous n'en avez jamais entendu parler, c'est pas difficile à comprendre je m'tue d'vous dire qu'il y a deux moins que deux mois seulement que cette maladie l'a pris, et voilà plus de six mois que vous n'êtes venu ici à Saint Quentin.

VINCENT

C'est vrai, c'est vrai, Diable ! Diable ! Et t'a-t-on dit... sais-tu quel est le nom de cette triste maladie ?

JOCRISSE

On me l'a dit et à Laflûte aussi, te souviens-tu du nom, toi mon pauvre Laflûte, qui as été si près de te voir avec une seule oreille.

LAFLÛTE

Ah ! cousin, ne me rappelez pas ce triste jour, j'en tremble encore, brrrr !

VINCENT

Quoi ? Laflûte aussi ?

JOCRISSE

Eh ! parbleu, croyez-vous que quand cette rage le prend, il choisit son homme ? Non, non, je crois que son frère, s'il en avait un y passerait comme un autre,

VINCENT

Mon sang se glace, Diable ! Diable !

JOCRISSE

Attendez-donc, je croîs me rappeler le nom, ça s'appelle... ça s'appelle... une... une... mélancolie.

LAFLÛTE

Non, non, cousin, je crois qu'c'est une cérémonie.

VINCENT

Mélancolie ! cérémonie… ce ne sont pas des termes de médecine ça… laissez-moi chercher… est-ce que ce ne serait pas le mot… monomanie ?

JOCRISSE ET LAFLÛTE

Juste ! Juste ! c'est comme ça.

JOCRISSE

Et ben not'maître est attaqué d'une monomanie… ça n'paraît pas, il n'y a que quand l'accès le prend.

VINCENT

Ma foi, mon brave Jocrisse, je vous remercie mille fois ; c'est un service que je n'oublierai pas. Ko attendant, tiens, prends cette bourse, quant à moi je m'esquive avant que le malheureux n'arrive.

LAFLÛTE, qui a regardé au fond

Il n'est plus temps, le vlà, qui entre dans la cour.

VINCENT

Diable ! Comment faire ? Je voudrais cependant bien m'en aller.

JOCRISSE

Attendez… d'abord, il n'est pas certain que son accès le prenne précisément pendant que vous êtes là ?… Dans tous les cas à présent, je connais le moment où ça le prend, les premiers symptômes comme on dit, ainsi soyez tranquille, M. Vincent, si dans tous les cas il y a danger, je vous préviendrai à temps… Mais je vous en prie au nom de tout ce que vous aimez le plus, ne parlez de rien, ne me vendez pas, il me chasserait pour toujours.

LAFLÛTE, pleurant

Et moi aussi.

VINCENT

Je m'en garderai bien.

JOCRISSE

Silence !… le voilà… faites comme si vous ne saviez rien.

Scène 10e

Les précédents, PLUMET un paquet sous le bras

PLUMET

Eh ! le voilà ce cher ami, ce vieux camarade, il y a plus de six mois, sais-tu, que nous ne nous sommes vus ! oh ! c'est mal, c'est mal de négliger les amis, il a donc fallu cette circonstance pour t'avoir ?

VINCENT, *timidement*

Comme tu dis, mon cher Plumet, et encore me suis-je bien forcé pour venir, j'ai tant d'affaires… tant d'embarras… Mais à propos… ta santé comment est-elle ?

PLUMET, *gaiement*

Ma santé !… Mais elle est des plus florissantes… ma parole ; je me sens rajeunir je crois ; je ne me suis jamais mieux porté… je bois… je mange… je me promène… ma foi, je trouve ma vie très-agréable.

VINCENT, *à part*

Le malheureux ! Comme il se fait illusion.

PLUMET

Et toi, je pense qu'en en est de même, un ancien fournisseur !… Un mondor !

VINCENT

Mais… Mais… je me porte bien… je suis bien.

PLUMET

Cependant, tu me parais inquiet, troublé… il ne t'est pas survenu de malheur ?

VINCENT

Non, non… mais j'ai certaines affaires en tête qui m'occupent beaucoup en ce moment, et si je n'avais pas eu crainte de te faire de la peine, je ne me serais pas rendu à ton invitation.

PLUMET

Et tu aurais très-mal fait… Allons, allons, il faut de la gaîté avec moi !… À table ! à table !… Allons vous autres, dépêchons !… Jocrisse ! Tout est prêt, n'est-ce pas ?

JOCRISSE

Oui, not'maître, il n'y a plus qu'à mettre la table… Voyons Laflûte, prépare tout, je vas chercher les plats *(à cette répartie Laflûte, sert la table) (en souriant en apercevant le paquet)* Mais qu'qu'vous avez donc là sous l'bras, not'maître… Encore une surprise… j'parie qu'c'est l'macaroni ?

PLUMET, *en riant*

Non… ça… c'est…
C'est un dindon
Ma donduine
C'est un dindon
Mon garçon.

JOCRISSE

Ah ! ah ! ah ! ah ! toujours gai, not'maître, toujours gai et faut-y l'mettre à la broche tout d'suite ?

PLUMET

Oui, oui, et comme il n'y a pas de fête sans lendemain, le dindon est pour nous régaler demain matin, car, mon ami Vincent, malgré ses grandes affaires prendra domicile ici.

VINCENT, *embarrassé*

Mais…

PLUMET

Il n'y a pas de mais… c'est comme ça… allons, Jocrisse, vivement mon garçon.

JOCRISSE

Oui, not'maître, donnez-moi l'dindon et j'vas vous l'farcir d'une façon lumineuse, petit habis et truffes, ce sera excellent et embaumant, laissez-moi faire.

PLUMET

Je compte sur toi… Ta mon garçon.

VINCENT, *bas à Jocrisse*

Surtout Jocrisse… veille, veille, et préviens-moi.

JOCRISSE, *de même*

Soyez tranquille, je n'vous quitte pas.

PLUMET

Ah ça, mon cher Vincent, je me suis permis de passer après le dîner une bonne et joyeuse veillée, j'attends Grégoire, Jourlo, Dominique, tous des anciens amis, ils ne peuvent venir que ce soir Nous, en attendant, nous allons prendre un acompte avec un dîner copieux ?… bon ! voilà Jocrisse ! La fleur des cuisiniers.

(Jocrisse place tous les plats, il y en a un qui est couvert, c'est le supposé plat d'oreilles)

JOCRISSE

Tout est prêt, vous pouvez vous mettre à la table *(À part)* Et vous n'y resterez pas longtemps.

PLUMET

À Table donc ! Et en avant la fourchette et l'appétit... Tiens, Vincent, mets-toi là... là-devant moi.

VINCENT, *à part*

J'voudrais être bien loin.

PLUMET, *le servant*

Comment trouves-tu ce salmis ?

VINCENT, *toujours préoccupé jusqu'à la fin*

Excellent.

PLUMET

Donne-moi ton verre, tu me dira des nouvelles de ce gaillard-là... il est de la Bourgogne... à ta santé !
(Ils trinquent et boivent)

VINCENT

Bon vin ! délicieux. *(à part)* Ça me remet un peu.

PLUMET

Goûte-moi un peu de ce canard.

VINCENT

Volontiers.

PLUMET

Ah ! c'est que le sieur Jocrisse fait des progrès dans la cuisine, sais-tu ?

VINCENT

Je m'en aperçois.

PLUMET

Tu ne bois pas… ! à boire ! à boire !

VINCENT

C'est que ton vin est capiteux.

PLUMET

Allons bon, ne vas-tu pas faire la Duchesse ? Bois donc ?

VINCENT

Allons *(à part)* au fait, ça m'encourage.

PLUMET, il se gratte l'oreille

Oh ! tiens, j'y pense.

JOCRISSE, à part à Vincent

V'là qu'ça le prend.

VINCENT, à part

Ah ! mon Dieu !

PLUMET

Aimes-tu les oreilles, Vincent ?

VINCENT

Des… oreilles.

PLUMET

Oui les oreilles, rien de meilleur, rien de plus exquis… ah !

JOCRISSE, à part à Vincent

Méfiez-vous.

PLUMET

Tiens Vincent, j'en ai déjà mangé ! beaucoup et plus j'en mange, plus je les aime.

VINCENT, tout à fait épouvanté

Mais… mais… moi… je n'en suis pas.

PLUMET

Eh bien, moi, j'en mangerai, ce bourgogne m'a ouvert le goût… vivent les oreilles.

JOCRISSE, à part

Il n'est que temps, vlà, l'accès au plus fort.

VINCENT, reculant sa chaise

Aie ! oh ! mon Dieu !

PLUMET

Qu'as-tu donc, Vincent, tu as les oreilles rouges comme un corail ? *(il est levé)*

VINCENT

Seigneur ! Je suis perdu.

PLUMET, prend couteau et fourchette

Allons ! Allons Vincent, goûtera des oreilles. *(Il se penche pour aller au plat couvert, à l'instant, Vincent se lève vivement, renverse sa chaise, casse une assiette se sauve sans chapeau en criant)*

Aie ! Aie ! Aie !… Grâce ! Grâce ! Pas d'oreilles ! Pas d'oreilles. Je m'sauve ! Je m'sauve !

(Pendant la scène de Vincent, Plumet est debout, le couteau an l'air, la main sur le plat, la bouche ouverte, l'air tout étonné, Jocrisse et Laflûte au fond, s'efforcent de se cacher pour étouffer

leurs rires)

Scène 11e

JOCRISSE, PLUMET, LAFLÛTE[2]

PLUMET

Ah ! ça ! Mais qu'a-t-il donc ? est-il devenu fou ? Qu'est-ce que ça signifie de se sauver ainsi ? Diable qu'est-ce qui l'a pris ? J'en suis tout effrayé !… Mais courez donc après lui, ramenez-le… Pauvre Vincent, que peut-il avoir ? ramène-le… peut-être est-il malade ? Je ne sais que penser ?

JOCRISSE

Ah ! Dame, Monsieur, Dame, faut pas s'fier à la mine de tout l'monde, on dit toujours : l'eau dormante est plus traître que l'eau courante.

PLUMET

Allons, à l'autre, à présent, que diable viens-tu me chanter avec ton eau dormante et courante.

JOCRISSE

Dame. Not'maître, ça pourrait ben être que'qu'chose comme ça ?

PLUMET

---

2   NOTE DE L'AUTEUR : Pendant tous ces a-parte, il ne faut pas que la scène languisse, M. Plumet chantonne entre ses dents, il rit, il regarde Vincent, Laflûte est derrière lui, il rit.

Eh va-t'en au diable avec tes paraboles et tes proverbes, qu'est-ce que tout ça signifie ? Voyons en sais-tu quelque chose, toi ? Parle.

JOCRISSE

C'est que, quand on vous veut du bien vous r'pousser vot'monde… Oui j'sais qu'equ'chose et c'qu'equ'chose, c'est p't'être ben vot'vie qu'était menacée aujourd'hui, et j'veillais sur vous ! là !

PLUMET, commençant à avoir peur

Comment ? Que me dis-tu lu Jocrisse ? Ma vie menacée ? Et par qui, Grand Dieu ?

JOCRISSE, avec aplomb

Par qui ?.. Par vot'ami Vincent !

PLUMET

Vincent ? Allons donc, c'est impossible ?.. Quel intérêt le pousserait d'attenter à mes jours ?

JOCRISSE

(À part) Voyons… ah ! j'y suis (haut) pas un intérêt mais une maladie… une maladie grave… triste et surtout dangereuse.

PLUMET

Oh ! mon Pieu !… Dis vite, Jocrisse.

JOCRISSE

Eh bon, not'maître, c'pauvre Monsieur Vincent, j'sais pas où diable il a pêché ça, mais ça y est venu tout d'un coup, sans qu'il y pense j'crois ben, mais d'après l'dit-on qu'j'ai appris c'matin seulement, il est attaqué d'une… d'une… (à part) Diable quel nom y donner… ah ! (haut) d'une maladie qu'on nomme effraction vicieuse.

44

PLUMET

Effraction vicieuse ?

LAFLÛTE

(À part) Diable, de Jocrisse va ! *(haut)* Non cousin, c'est pas comme ça qu'm'sieur Robard l'a nommé c'est une constipation vertueuse.

PLUMET

Que diable me chantez-vous là, mais ces deux êtres là me donnent la chair de poule et m'écorchent les oreilles avec leurs mots qui n'ont ni queue ni tête, mais imbéciles que vous êtes a-t-on jamais entendu parler de ces maladies-là ?

JOCRISSE

Dame ; Not'maître, ça rime toujours un peu comme ça... j'suis pas ben sûr, moi ?

PLUMET

Attendez-donc, ce ne serait pas des crispations nerveuses.

JOCRISSE

Bon ! Bon ! Not'maître, c'est ça. Eh ben, tant y est que l'pauvre M. Vincent en est attaqué et quand ses nerfs le prennent, faut qu'y tue, n'importe quoi.

LAFLÛTE

À preuve, c'est qu'au moment qu'y s'est ensauvé, j'ai z'aperçu sous son gilet la crosse d'un pistolet qu'il avait ben sûr, pour poignarder qué qu'un.

PLUMET

Mais puisqu'il s'est sauvé, alors, c'est qu'il n'avait pas l'intention de me tuer.

45

JOCRISSE

(À part) Ah Diable ! Ah ! mais attendez, not'maîtr'y paraît dans ces maladies-là, l'individu connaît son mauvais moment, M. Vincent s'en s'ra aperçu et...

PLUMET

Je comprends à présent... de là, sa frayeur, sa crainte de commettre un crime causé par sa cruelle maladie, et il s'est enfui. Pauvre ami ! Je le plains... n'importe il faut savoir où il est allé ?... Ah Diable ! Voilà une triste fête d'anniversaire.

Scène 12e

Les précédents : VINCENT, L'OFFICIER DE POLICE

(on entend dans la coulisse)
Allons ! allons ! Marchez !

VINCENT
Mais je vous dis que je ne suis pas un voleur ?

PLUMET
Qu'est-ce que j'entends ? Je ne me trompe pas. Vincent avec un officier de Police ?

JOCRISSE, *à part*
Aie ! Gare la bombe, tenons ferme.
(L'officier entre, tenant Vincent par le collet)
M. Plumet, voici un individu, étranger pour moi surtout, je l'aperçois en haut de la rue ; se sauvant sans chapeau, l'air égaré je lui demande son nom, il ne me répond que par des exclamations auxquelles Je ne comprends rien, je le conduis au poste, je le fais fouiller et on trouve sur lui ce couvert d'argent marque en toutes lettres à votre nom… voyez plutôt.

PLUMET
D'abord, M. l'Officier, je réponds de l'homme que voilà, c'est M Vincent ex-fournisseur de l'armée et mon plus grand ami, il est riche,

indépendant et par conséquent ne peut être accusé de vol… Quant au couvert d'argent… c'est bien mon nom, Anastase Plumet *(il regarde sur la table)*. J'ai toute mon argenterie, rien ne manque.

VINCENT

Lis au-dessous de ton nom, mon ami, ce que M. l'Officier n'a pas vu.

PLUMET

(Lisant) « présenté par son ami Vincent »… Quoi ?…

VINCENT

Oui, mon ami, c'était mon présent… je voulais te l'offrir à la fin du dîner… quand ta cruelle maladie…

PLUMET

Hein ?… ma maladie… Ah ! ça qu'est-ce que tu m'chantes là ?… Je n'ai jamais été malade, moi ?

VINCENT

Non, pas malade, si tu veux… mais cette monomanie dont tu es attaqué et…

PLUMET

Ah ! ça, veux-t-on me rendre fou aujourd'hui. Maladie, Monomanie, explique-toi donc, Vincent car, ma parole, je ne sais plus que dire ?

JOCRISSE, *à part*

En vlà un galimatias, gare à moi tout à l'heure.

VINCENT

Pauvre ami, ce n'est pas ta faute, et je te pardonne bien, va.

PLUMET, *exaspéré*

Mais non !... Mais non !... Je veux tout savoir... dis-moi... explique-moi, car tu me fais perdre la tête.

VINCENT

Eh bien, je sais, que quand ton accès te prend, il faut que tu manges les oreilles de quelqu'individu

PLUMET, hors de lui

Moi !... Moi !... Ah ça !... Ah ça !... Mais !... Mais !... ma tête ! ... ma tête !... et parbleu mais toi, n'es-tu pas attaqué de crispations nerveuses ?... Qui te portent à certains moments à vouloir poignarder quelqu'un ?

VINCENT, avec force

Ah ! quelle infamie !... Moi ! Jamais au grand jamais je n'ai eu ni crispation nerveuses ni la moindre pensée d'attenter à la vie d'un homme !... D'où cela vient-il ? qui t'a dit cela ?

PLUMET

Eh ! parbleu ! Qui peut t'avoir dit que je mangeais les oreilles de chacun ?... attends... tiens... je ne crois pas me tromper, il y a du Jocrisse là-dedans.

VINCENT

Voyons Jocrisse, approche, comme dit l'ami Plumet, il y a du Jocrisse là-dedans.

JOCRISSE, s'avançant au milieu

Oui, Messieurs, c'est moi, c'est bien moi !... Mais foi de Jocrisse, je ne pensais pas à mal, c'était histoire de rire, une farce, et j'espère que j'aurai mon pardon.

PLUMET

Mais animal, Vas-tu encore recommencer tes fredaines ? je vous demande un peu, messieurs, me faire passer pour monomane, manger les oreilles de mes ami, et toi, mon pauvre Vincent, venir me dire que tes crispations te portaient au meurtre !… Mais sais-tu ? Maraud, que tu mérite une bastonnade pour cela ?

JOCRISSE

Non not'maître, non M. Vincent et vous verrez, d'après mon récit, mes aveux, que vous serez les premiers à rire, même M. l'officier de police. Vous vous rappelez ce matin, not'maître que vous auriez ben voulu m'admettre à votre table ainsi que Laflûte à l'occasion de votre fête ; mais vous aviez mis une condition, c'est que si M. Vincent venait, nous mangerions à la cuisine, ça n'm'allait pas, pour lors, j'ai formé mon plan quand vous m'avez parlé du plat d'oreilles aux petites herbes, j'ai profité du mot : oreilles pour bâtir mon affaire et faire déguerpir ce pauvre M. Vincent, qui a eu assez peur ; après son départ, je savais bien que vous alliez être tout surpris. tout d'suite j'ai rebrodé une nouvelle affaire et je lui ai donné des crispations nerveuses !… j'aurai réussi, si vous m'accordez un pardon généreux,

TOUS, *riant*

Ah ! Ah ! Ah ! Ah !

PLUMET

Ce diable de Jocrisse. Mais tu n'en feras donc jamais d'autres ?

VINCENT

Où diable trouves-tu tout ça ?

JOCRISSE, *se touchant le front*

Là… À propos, M. Vincent, voici la bourse que vous m'aviez donnée pour veiller sur vos oreilles.

VINCENT, *en souriant*

Garde-la, si tu en as un peu effrayé, ma foi je te trouve tant d'idées qui à présent me font rire, que je te donne la bourse de grand coeur et te pardonne.

JOCRISSE

Et not'maître ?

PLUMET

Parbleu ! Il faut bien que j'en passe par là, allons, sois pardonné, mais prends garde, Jocrisse, toi qui aimes tant les proverbes, retiens bien celui-ci : « Tant va la cruche à l'eau qu'à la fin elle se casse ».

JOCRISSE, *à part*

Ou elle s'emplit *(haut)*. Je m'en rappellerai not'maître, et d'ailleurs tout n'a qu'un temps.

L'OFFICIER

Quant à moi, Messieurs, j'ai aussi mon excuse à vous faire, surtout à M. Vincent que j'ai un peu rudoyé.

VINCENT

Mais pas du tout, Monsieur, ce n'est qu'un quiproquo dont le résultat n'a rien de fâcheux j'ai tout oublié !…

PLUMET

Et Laflûte était donc aussi dans le complot ?…

LAFLÛTE

Oh ! moi, not'maître, je n'marchais que par mon cousin.

PLUMET

Allons, oublions tout… Tiens mon brave Vincent, voici le plat d'oreilles en question, tu vois qu'elles doivent être délicieuses !… Maintenant mes amis, nous allons continuer notre dîner, qui, cette fois, je l'espère ne sera pas interrompu… Vous M. l'officier, vous voudrez bien le partager avec nous et que vous n'aurez pas d'objections, ni toi, mon cher Vincent d'admettre à notre table notre joyeux Jocrisse et son acolyte Laflûte.

VINCENT ET L'OFFICIER

Adopté ! Adopté !

JOCRISSE

M. Plumet, le dindon est rôti, il a une odeur des plus appétissantes.

PLUMET

Le dindon ? À demain le dindon pour le déjeuner.

VINCENT

C'est ça et moi j'y joins douze bouteilles de Champagne ; tu aimes ça, toi. Jocrisse, le Champagne ?

JOCRISSE

J'crois ben, depuis qu'je m'suis empoisonné avec.

TOUS, *riant*

Ah ! ah ! ah ! ah !

PLUMET

Allons, mes amis, ensemble et ensuite à table.

CHOEUR FINAL

À demain, demain, demain
Demain de grand matin
À demain, demain, de la dinde rôtie
Nous verrons la fin.

JOCRISSE, *au public*

Plus d'une pièce avant la fin culbute
Souvent hélas ! Voilà comme on débute
La pièce avance
Pas de funeste bruit

De l'indulgence
Voilà comme on finit.

REPRISE DU CHOEUR
À demain, etc.

FIN.